山村由紀詩集

呼

ko

人間社×草原詩社

表紙写真：山本悍右
(c)Toshio Yamamoto

呼目次

呼

古布

押入れの引き出しに藍染のちいさな古い布がたくさん
眠っている。むかし骨董屋に足繁く通い布を集めてい
た。布は大雑把に四角く切られ　しらない家のにおい
を抱いたまま売られていた。布を見つめているとどこ

からか　備後絣だよ、綿の。とか、大正中期だね、たぶん。と声がした。声をたどると　布と布のすきまから骨が透けて見えるほど痩せた人がこちらを見ているのだった。持ち主がこの布を手放した理由を訊こうとすると店の奥のくらがりからいつも電話がけたたましく鳴りはじめた。

集めた古布で手のひらサイズの壁掛けを作ったことがある。藍の微妙な色合いを利用して空を仕立てた。細く切った布を順番に重ねる。一針一針　空を刺す。針と糸が空を閉じる。わたしはなるべく目を揃えて　備

後絣だよ、綿の。とか　大正中期だね、たぶん。の
声　布を選ぶわたし　しらない家のにおい　布が衣服
であったときに触れた息や汗も閉じ込めた。
壁掛けは重すぎて壁に掛けられず　押入れの引き出し
に今もしまってある。

呼

人が出たあとも　いつまでもシャワーの音がする浴室
があって
曇り扉をそっとあけると　シャワーは止まっているの
です　ほの暗い浴室から漂う生ぬるい空気は　石鹸の

香りをふくみ　天井に張りついた水滴はゆれていて今
にも落ちそうで。
鏡も曇っていて　洗面台の灯りがまっすぐに映ってそ
こだけが明るい　その灯りの向こう側で　何かを一心
にしゃべっている少女がいます。黄色いセーターを
着ている。三つ編みのおさげが笑うとゆれる。顔は
曇っていて見えません　でも座っているところはわか
る　木造の階段です　子どものころ何度も昇り降りし
た叔母の家の。
石鹸の香りをふくんだ生ぬるい空気が流れてくる　水
滴が浴槽に落ちる

そっと曇り扉をしめて浴室から離れると　またシャワーの音が聞こえはじめます。

うらにまわる

ここでは　よる　三日月が空にふたつ並びます。ほそい月がふたつ　陰気に部屋を覗くのです。

わたしたちは三人姉妹ですが　ほんとうは四人姉妹らしいです。もう一人をだれも見たことはありません。

でも、いる。三人で笑ったあと　時々　すこし遅れて

笑う声がする　いえ　聞こえてはいないのですが　空気がゆれるのです。わたしとすぐ下の妹はゆれがわかる。そんなときはじっとしてお互い目を見合わせる。一番下の妹はわからずに画用紙にゆがんだ丸を書き続けている。

ある日　妹に言われました。Tシャツ　ウラガエシ。あわててシャツを脱いで　着終えるとそれきり妹たちはいなくなっていました。

よる　月はひとつ浮かび　ふとったりやせたりにいそがしく　もう覗きにくるようなことはありません。ひとりでいるって　なんていうのかしら　巻貝のなかにいるみたい。時々　空気がゆれることがあって　じっと耳をそばだてます。見えないものを見ようと目を見開き　そうしている自分が可笑しくなって笑うときもあります。

犬去帰公園

並んで歩いていたFが　ほ、ほら、犬去帰公園だよ
あの薔薇園で有名な　なつかしいなあ　と顔中をほこ
ろばせて速足で歩いていく。
Fを追うように入口の門をくぐる。すれちがいざま母
親に抱かれた赤子が、乳を噴水のように吐く。

空が突然しろくなる。

薔薇園に薔薇はなく、錆びついたアーチとコンクリートの囲いがあるだけだった。おかしいな　シーズンなのにね　Fはそのようなことをつぶやきながら　コンパクトカメラでコンクリートに残された傷を何枚も撮っている。

わたしも真似て携帯電話のカメラで枯れた草を撮ってみた。

枯れ草は画面の中で

　　ゆれて

　　　　ゆれて

撮られて止まる

カメラに収めた枯れ草をもう一度見ようと画面を開く
と、そこに写っていたのは数台の走る黒い車だった。
Fさん、見て！　草を撮ったのに車が写ってる！
おおきな声を出して顔を上げると
Fはとっくにいなくなっていて
犬去帰公園は二十年も前に閉園していて
わたしは新御堂筋（国道４２３号）に掛けられた陸橋
に立っていて
眼下を黒い車がごうごうと走り過ぎていた。
しろい空は今日も　熱のないひかりを放ちつづける。

秘密

よなか。

夜のまんなかで

仰ぐものを失くして立ち尽くす
向日葵の群れ

陽をふくんだ黄色い花びらが宿す　炎のけはい
着火してはいけない　向日葵　よるの
やみにかくそうとして　かくしきれない炎が
立ち昇ろうとするのを　やみくもにゆれて
細い　太い　茎の脊髄をきしませて
やみくもにゆれて

消したい　消えたい

向日葵　真夜中の向日葵
花びらに囲われた無数の眼で
見てしまった　知りすぎてしまった

夜のなかで咲く向日葵
夜のなかで叫ぶ向日葵
声は天に地に垂直に届く

陽が火にくべられる
八月中の蜜蜂が

がっ、だっ、
目覚める間もなく
一気に燃える

古き球根

水を
求めて白い根が空中で途絶えている　球根よ　乾いた
球根よ。数年前に土から掘り上げられ主《あるじ》の気まぐれで
置き時計の底の抽斗に仕舞われた。華奢な金の馬が秒

音に合わせて足踏みをする置き時計の底の抽斗に。

白い根が天をくるりと指さして死んでいる。時の馬に踏まれて　踏まれ続けて。踏まれながら　土のぬくもりを何度夢見たろう　主《あるじ》の手のひらの上で光を見たあの瞬間を何度なつかしんだろう。もう赤紫のあのかわいい花は永遠に咲くことはない　つんと尖った葉がその先端から顔を出すこともない。水も光も必要としなくなった小さなひねくれ者よ　見えるかい？　主《あるじ》が丹精込めたあの庭では　たくさんの草花が咲いている。クレマチス　ラベンダー　つるバラ　ネモフィラ

ローズマリー　いわさきちひろの描くこどもたちのようにそれらは淡く美しい。けれどおまえはあそこで咲くどの花よりも濃い。

時の

馬に踏まれて　時間の底で踏まれ続けて　おまえはどの花よりも濃くなった。球根よ。小さな火薬玉よ。つるりとした球体の奥に花の原型を押しとどめて　白い根の導火線を　天へくるくると　伸ばし　火が点るのを息をひそめて待っている。

図鑑

はじめの頁には二十種類の薔薇の写真と解説が見開きで載っている。次の頁には薔薇園で見事に咲き誇る薔薇と笑顔の子供たち　そしてその次には枯れた薔薇と錆びたアーチが写っている　その次の頁をめくると重厚な棺に年老いた白人が眠っており　棺からは白い薔薇がこぼれんばかりにあふれている。
一頁の余白をおいて　病害虫チュウレンバチの駆除方法が申し訳程度に記載されており　それ以降の頁には文字はなく　真紅の薔薇が　大きく載っている　頁をめくるたびに　すこしずつ拡大されていく　紅き薔薇　めくるたび　ひろがっていく　めくるたび　呼吸するたび　ひろげられる　真紅の薔薇　もっと奥の　奥のほうまで　深きくれない　頁いちめんに　ひろがる薔薇　花びらを指でなぞり　なぞればたちまち充血し　重くなる　垂れそうで垂れない　いちめんにひろが

る　紅い渦巻き

本から目を離すと　外は小雨だった。本を函に入れ外
を眺めた　図書館に中庭があることをその時初めて
知った　錆びたアーチがひっそりと立っている　指に
血が付いている　頁をめくる時に紙で切ったのだろう
か。血液は乾いていて　百年前についた痕のように見え
る。

© yuki yamamura

チイちゃん

本を読みながらねむってしまっていました。目がさめた場所はねむるまえとおなじ、ベッドのうえ。わたし、となりの部屋の電灯、つけていたかしら。毛布はこんなに使い古したものだったかしら。まあ、でも、そうだったのでしょう。

読んでいたのは、子供が親に泣きながら甘える場面でした。家の裏手で子供は母親に言うのです。「ね、ね、おかあさま、いいでしょ？　だってみんな持っているんだもの、ね、少しくらい、いいでしょう！」さいごの感嘆符に凄みを感じて、その凄みの感嘆符を抱いて、わたしはねむってしまったのでした。目がさめた場所は、ねむるまえとおなじはず。となりの部屋の電灯はついていたし、毛布は何度も洗ったものだもの。ベッドと壁の暗いすきまに何かが落ちているのに気がつきました。暗闇に手を伸ばして、その小さい落とし物を拾いました。それは七才の時、うっかり踏んで死なせてしまったセキセイインコのチイちゃんでした。チイちゃんはからからに乾いて、死んだときに出た血はまだ胸に黒くついています。チイちゃん。チイちゃん。わたしはしばらくチイちゃんを撫でていました。頭から胸、ちいさなくちばし、なにかをつかんでいるかのような足も。チイちゃんを飼いたいと、むかし母親にねだったことを思い出しました。ね、ね、いいでしょ？　母親のエプロンをひっぱってわたしは言った。たしかに言ったのでした。

目がさめた場所は、ねむるまえとおなじはず。となりの部屋の電灯はついていたし、毛布は何度も洗った古いもの。開いた本の頁が炎のようにゆれています。

ザリガニ

黒い車の開いたドアからザリガニがぽとりぽとり落ちては地面を這っている。わたしは右手と左手に一匹ずつつかみ、地面をカザカザ音をたてて逃げるザリガニに　逃　逃げないでと声をかける。つかんでいるザリガニはハサミや尾を振りまわし抵抗するので手首がだるい。ようやく木箱に二匹を入れる。おとなしくなったザリガニをしゃがんで覗く。しゃがむと、スカートから自分のふとももが他人のもののように生温かく見え、思わずスカートを強く引きよせて隠す

引きよせたのはスカートのはずだったのに握っているのはカーテンだった。歪んだ月が窓のむこうに見えるので今が夜だとわかる。夢をみていたのかしら両手首のだるさはまだ残っているのに　そう思いながら掛けシーツをめくる。二匹のザリガニがベッドの

上で這いまわりはじめる。わたしは声のない悲鳴を上げながら窓をあけザリガニを放り投げた。階下の見えないところで鈍い音がする。黒い車の気配がした。

箱を、探さなければ。

ネガフィルム

手のなかで
黒い雪が
ふりつづいている

●

Ｆは
暗室のあかい闇のなかにいるときだけ
饒舌だった

げ、現像してると、撮った風景の続きが見える時があるねん。
フィルムの奥に別の世界があるというか。し、信じへんかな。

Ｆが撮影した風景は
どれも　どこか寂し気だった
おいていかれた子どものように

●

沼のほとり
ブリキのおもちゃ
木の幹
グラウンド
養鶏所
吹雪
石
教会
波

●

ひ　人は撮らん
こっち見るから

●

Ｆのカメラで
Ｆを撮ったことがある
ネガフィルムのなかのＦは

カメラを持たない手をだらりと下げ
白い瞳をぼんやりこちらに向けていた
半開きの口から　黒い前歯が見える
あまりに寂し気で
焼き付けしなかった

●

最後に会った時
（Fはかなり憔悴していて）
一枚のネガフィルムを渡された

斜めに降る雪が写っていた

●

今でも時々そのフィルムを眺める
手のなかで降る　黒い雪
眺めつづけていると
Ｆが黒い雪の降る街を歩いているのが見える
白い瞳で手をだらりと下げ
一度もこちらを向くことなく
黒い町の奥に消えていくのだ

ハーモニカ

さきこさんはわたしが小学三年生の時中学一年生で、木造共同アパートの一階に住んでいた。さきこさんのお母さんはほんとうのお母さんではない。そんなことはアパートの壁の染みでも知っていることだった。一度、たった一度だけ、ほんとうのお母さんが来たことがある。大きな羽根のついた帽子をかぶってふくよかに微笑み、高島屋の薔薇の包装紙にくるまれたお菓子をアパートのみんなに配った。化粧っ気のないひっつめ髪のもうひとりのお母さんと全然違っていた。さきこさんはどちらのお母さんの前でも同じ態度だった。ふたりを「お母さん」と呼びお行儀よくしていた。「うん、ええよ」という返事にもよそゆきが含まれていた。

さきこさんの小袋にはいつも古いハーモニカが入っている。夕方原っぱでふたりきりになると、大切そうに袋から出して見せてくれた。紅いくちびるを　ソ　の穴に当てて吹く。なめらかに移動させて　ラ　の穴を吸う。ときどきふたつの穴を同時に吹いて音がまざった。そのまざった音と音の重なるところにさきこさんはいるのだ。速く吹いたり遅く吹いたり、さきこさんの顔はそのたびに変わっていった。わたしはそれを呆けたように見つめた。夜は急にやってきて、わたしたちを原っぱから追い出した。歩きながら振り返って原っぱを見た。まっくらだった。

大雨の日はいつも

わたしの目は
とじるとはっきり見えるのに
あけるとぼんやりとしか見えません

「月がとてもきれい」
大雨の日　薄い壁から女の人の声がする
雨だれが外のダンボール箱を打ちつけて
トポ　トポ　さびしい弧を描く
逃げる、という言葉がふいに浮かんでは
トポ　トポ　心音に紛れて身体が重くなる

四十年前　壁一面の蔦が特徴的だった建物は
とうに閉鎖され誰も住んでいないということでした
入り口の表札は文字が２つ外れて「　田製　所社宅」とあったので
たとえば藤田製作所や戸田製麺所といったところの社宅だったのでしょう

かつて緑色に茂っていた壁に蔦はなく
茶色い跡がたくさん残っていました
手入れされなくなり枯れながら　それでも
長年しがみつき朽ちはててできた濃い傷跡でした

昔　何度もあの社宅に遊びに行きました
何度も３０５号室のチャイムを鳴らしました
錆びた音を立てて扉を開けた人の顔がこちらを
そこでとじていた目が
あいてしまうのです

大雨の日は
いつも

口を開けて

小銭入れが見つからない。仕方なく小銭入れを持たずに自転車で北に走った。職場である医院の裏口から中に入ると、顔の閉じた職員が床を掃除していた。タイムカードが器械に吸い込まれ、かしゃ、と音をたてる瞬間、わたしは囚われの身になり、観念して両手を手首まで消毒液に漬ける。

風邪の患者は今日も多い。口を開けて喉を診察されているひとはみんな店頭に並ぶ魚と同じ顔をしている。

夕方、再びタイムカードを器械に差し込む。かしゃ、という音を聞いても特に解放感はない。西日が落ちつつある薄暗い一本道を南に走る。道は先になるほど細く、細く細く、閉じてしまわぬうちに全速力で駆け抜ける。

小銭入れは机の隅でうす暗く口を開けていた。小銭を足そうとそこに置いたのだった。何を買うつもりだったのか、朝の自分はもうすっかり他人になっていて、わからないまま口を閉じた。小銭入れを握る手首にうっすらと痕が残っている。

小糠雨

きのう退職したひとの作業着が更衣室の椅子に無造作にかけてある。ロッカーを空にしろと言われ放り出して帰ったのだ。

洗い晒しの作業着を机のうえにうつぶせに拡げる。首元に手書きの「L」の文字が見える。それは油性の太いマジックで書かれていて襟の裏側にまで滲んでいる。L。たしかに体格のいいひとだった。作業着に体のかたちが残っている。袖を折り、裾から三つに折りたたんでも体のまるいカーブは消えない。

右胸にポケットがある。その内側には細かな線が無数についている。ボールペンの先を出したまま胸に挿してついたのだろう。歩きながらメモを取ったとき。外勤でお客様からのサインを受け取ったとき。苦情を受け深々と頭を下げたとき。小糠雨の線は薄く細くポケットの内側に降りはじめた。雨は一本ずつ増え薄く降り続け、胸に水溜まりができて日々重くなり、あのひとは耐えられなくなって去ったのだ。

たたんだ服を明日入社するひとのロッカーに入れる。「L」が滲んでいる。ポケットから雫が落ちる。落ちる雫が床で何か文字になろうとする。「見るな！」。わたしはわたしの頭の中の大きな声に驚いてあわててロッカーの扉をしめてしまう。

観光地

走る　高速バスの窓から見えるのは
「歓迎」と書かれた立て看板。
波の音がしない海。
それから　観光地で働くひとびとの姿。

どの人も
バスに向かって朗らかに笑っていて
なのに　よく見ると
真顔なのです。

三〇分の制限付きで停車した場所には
霞んだ土産物屋が立ち並んでいた。
干物の詰め合わせ　生昆布
埃のついた貝殻の置物

高速バスの窓から見える音のない波は

人の呼吸に合わせて
あらわれては　消え
消えては　あらわれ
波の裏側にたどりついた人を
揉みほぐしてとろとろに眠らせてくれる
みんながほんとうに行きたいのはあそこなのに
あの暗く温かい場所に心底焦がれているのに
バスは観光名所しかまわらない
海のまわりをくるくる　くるくる
波の引く力に抗ってブレーキを踏むふりをして
波からそおっと離れてしまうのです

前日

古い手紙はまとめて転居先に送った。束は郵便ポスト
に落ちるとがらぁんと音をたてた。夕方なので　明日
　明後日には着く。

用事がもうひとつ残っているのでそのまま裏道から大

家の家に向かった。商店街の裏側は一軒ずつ違うにおいがする。餃子屋の裏は動物のにおい　戸田胃腸科の裏は鼻を突くにおい　布団屋の裏は埃のにおい……。不意にこの街が小さく感じられた。家も人も小さく硬くそっぽを向いている。

E町！　とどこからか酔った声がする。明日越す先の町の名前だ。「E町はな、」。怒っている。責められている気がして野良犬のように足早に通り過ぎる。

大家は紙切れのように痩せていた。用件を伝えるとベッド柵の向こうで口をぱくぱくさせた。どうしていいのかわからず、印鑑を押した用紙を枕元に押し込んだ。

外に出るとうす暗かった。快活だった大家を思い出すと急に淋しくなった。戸田胃腸科のごみ箱の横に白い人が立っている。郵便配達の車がスピードをあげて西へ走っていく。あの車に古い手紙が乗っているのだ。手紙はポストの底に落ちたはずみで文字がゆるみ　車にゆられてほろほろ外れ　便箋の片隅で暗く滲んでいる。滲みの奥には外灯に照らされた商店街がふるえている。うつむいた野良犬が足早に通り過ぎる。

中途

佐伯さんのやり方だと少しずつ角がずれて、最後どうしても右側がひきつれてしまう。これでは、だめだわ。わたしは縫いかけの作品を鞄に詰めて家を出た。歩きはじめてすぐに、この靴は右のかかとが痛くなることを思い出した。ああ、やっぱり、地面に着くたびにかかとが痛い。今日は工場の煙がやけに黒く、脈打ちながら空に注がれている。着いた駅もうす暗い。佐伯さんの家まで切符はいくらかしら。券売表を背伸びして覗くと、数字はほろほろと崩れてたくさんの小さな虫が飛んで行き、ただの白い板になった。ホームは無人だった。駅名標には白い布がかけられている。そういえばこの前、廃線が決まったよ、と誰かが言っていた。列車はもうここには来ないのだ。わたしはぼうぜんと立ちつくしたまま、作りかけの作品をもう一度見た。あの時、佐伯さんの作品は右側がひきつったりせずきれいに仕上がっていた。悪いのは佐伯さんのやり方ではなくわたしなのだ。

線路の上を黒煙がすべるように向かってくる。わたしは気付かれないように階段の陰に身を潜める。佐伯さん、やり方をもう一度教えてくださいませんか。

湿気

この部屋は八階建ての建物の六階にあり、窓を開ければ目の前はすぐ海だ。はじめの住人は書庫目的で借り——湿気が多すぎて本は全滅した——それからは空室のまま放置されていた。建物のまわりを散策していると壁や地面に貝殻が埋まっているのをみつけることがある。地面から突き出ている貝殻の端をつまむと　遠くで　わっと叫び声が聞こえた。

書庫になりそこねた部屋には冬の薄日が差し込んで、床と壁を行ったり来たりしている。私はずっとここにいる。部屋で読み書きをし、午後になると散歩（目的があろうとなかろうと外出は「散歩」と言う癖がある）に出かける。この部屋にもお客がやってくることがある。Sさん、叔母さん、近所の祐ちゃん、それから……。わたしは思い出す。柩に眠るその人に近づき、顔の横に白い花を添えたことを。百合の花　ランの花　菊の花。Ｓさんは三十年前に、祐ちゃんはたしか六月だった、かしら……いや、それは叔母さん……このごろなんだか細かいことがあいまいになっちゃって。記憶も本といっしょね。湿気てくるとぼんやりとふくらみぐずぐず朽ちてくる。

建物一階の渡り廊下に降りると　錆びた手すりに誰かが日付を彫っていた。二〇二〇／〇一／〇九。いたずらか、何かの記念日か。足もとに半分地面に埋まった貝殻が覗いている。見上げると部屋の古いカーテンの陰から叔母がちいさく手をふっている。

紫陽花

暗い空の下をくぐって通された部屋には紫陽花の切り花が飾られていた。花の前にNさんが座ると、色づく前の緑白色の紫陽花は彼女の肩から生えているように見えた。うつむいたNさんは長いくるしみについて話しはじめようとしたが、話すことさえくるしそうだった。彼女が語り始めると、肩の上で紫陽花はかすかに青く染まりはじめた。Nさんは自分の運命を嘆き肩を小刻みにふるわせる。紫陽花もふるえながら藍から紫へ濃く変化する。「それでも……やっていかなきゃいけないのかしら」はじめてNさんがきちんと前を向いた時　紫陽花は色が抜け白く枯れていた。それは、くたびれた脳だった。

Nさんの家の前の道は途中から駅と川沿いの二手に分かれる

わたしは来た時と違う川沿いの道を歩いてみることにした
川沿いの道はしだいに川から離れ　登りの傾斜は急になり
視界から川が消えると街が眼下に広がった
Nさんの家の屋根を息切れしながらちいさく確かめる
光が灰色の雲の切れ目から地上に降り注ぐ
あの屋根に光は届いているだろうか
背伸びをしてもそこまではわからなかった

あとがき

「呼」という文字は馴染みが深い。学生時代、連絡網のわたしの電話番号のうしろには常にちいさく（呼）と書かれていた。これは「呼び出し」の略で、当時電話を持っていない人が他の家に取り次いでもらうことを意味していた。老朽木造アパート（フロなし・イタチや蛇あり・外壁突如落下あり）に暮らしていたため、高校卒業の時には（呼）が付いているのはクラスでわたしだけだった。電話はアパートの大家が取り次いでいた。恐ろしく不愛想な人だった。呼び出されると大家の家の玄関口まで走る。そこには受話器の外れた黒電話が一台わたしを待っているのだった。受話器を耳に当てる。もしもし……。あ、もしもし……。大家と話したあとだからか、相手の声はいくぶん硬くくぐもっていることが多かった。せっかくつながっても借りているという負い目から、小声で用件だけをそそくさと話し手短に切るというのが常だった。あの電話で言葉を交わした何人かの人はもうこの世にはいない。

スマートフォンが普及して久しいが、わたしのなかにはあの黒電話が未だに鎮座している。呼ばれると暗い道を走る。受話器を耳に当てる。もしもし……。

呼んでいる。呼ばれている。実際に会うことがなくても、人は人を呼び、人に呼ばれている。この世を去った人にも。見知らぬ人にも。

二〇二〇年秋　山村由紀

初出一覧

古布	「風箋」６号	2014年05月
呼	「詩杜」vol03	2018年04月
うらにまわる	「Lyric Jungle」27	2020年09月
犬去帰公園	「詩と思想」９月号	2019年09月
秘密	「詩杜」vol03	2018年04月
古き球根	「詩杜」vol04	2019年05月
図鑑	「Lyric Jungle」26	2020年09月
チイちゃん	「Lyric Jungle」24	2018年05月
ザリガニ	「Lyric Jungle」17	2014年06月
ネガフィルム	「詩杜」vol05	2020年05月
ハーモニカ		未発表
大雨の日はいつも	「詩杜」vol02	2017年04月
口を開けて	「Lyric Jungle」23	2017年12月
小糠雨	「詩杜」vol04	2019年05月
観光地		未発表
前日	「Lyric Jungle」25	2019年02月
中途	「風箋」７号	2014年10月
湿気		未発表
紫陽花	「詩杜」vol01	2016年04月

山村由紀（やまむら　ゆき）
山口県生まれ。大阪府在住。
詩誌『詩杜』編集委員

既刊詩集
『記憶の鳥』　空とぶキリン社　二〇〇〇年
『風を刈る人』　空とぶキリン社　二〇〇六年
『青の棕櫚』　港の人　二〇一三年

詩のアンソロジー
『豊潤な孤独』　草原詩社　二〇〇八年

現住所
大阪府豊中市寺内一‐四‐三九‐四〇三　〒五六一‐〇八七二

山村由紀『呼』　二〇二一年二月一八日　第一刷発行

著者　山村由紀　*Yamamura Yuki*
発行者　草原詩社
京都府宇治市小倉町一一〇―五二　〒六一一―〇〇四二
発行所　株式会社　人間社
名古屋市千種区今池一―六―一三　〒四六四―〇八五〇
電話　〇五二（七三一）二一二一　ＦＡＸ　〇五二（七三一）二一二二
［人間社営業部／受注センター］
名古屋市天白区井口一―一五〇四―一〇二　〒四六八―〇〇五二
電話　〇五二（八〇一）三一四四　ＦＡＸ　〇五二（八〇一）三一四八
郵便振替〇〇八二〇―四―一五五四五
制作　北摂詩文庫
表紙写真　山本悍右
印刷所　株式会社　北斗プリント社

ISBN978-4-908627-63-7
定価はカバーに表示してあります。
＊乱丁本・落丁本は送料小社負担でお取り替えいたします。